AF272487

Christoph Sasse

Tagebuch eines Erstsemesters und Anderes

Beob8ungen für zynische Romantiker

Herstellung und Verlag: Books on Demand GmbH, Norderstedt

ISBN 9783837033984

Dieses Buch ist der Liebe meines Lebens gewidmet–

meiner Frau Anette

Vorwort

Statt eines Vorwortes für diese Sammlung verschiedener Textprodukte aus unterschiedlichen Schaffensperioden möchte ich der geneigten Leserschaft die folgenden Zeilen anbieten und trotz der politisch oft nicht korrekten Texte viel Vergnügen beim Lesen dieser oft aus Verzweiflung geschriebenen fragmentarischen Sammlung des romantischen Zynismus wünschen.

Christoph Sasse, Bad Oeynhausen am 05. Februr 2009

Ein Fünkchen Zeit

zwischen Daumen und Zeigefinger

zerreib ich's

zerrint es

ungenutzt

leer

geb ich's frei

und verweile

ist es mehr

als ich

zu halten vermag!

Schreiben

Und immer wieder schreiben. Schreiben - it's a gas! Ich darf mir wirklich nicht die Frage stellen, wofür ich schreibe, aber es ist wohl so, dass ich damit meine innere Unruhe kanalisieren kann, genau wie bei der Musik, irgendetwas lässt mich nicht langsamer leben, es muss immer vorwärts gehen. Eigentlich eine recht positive Sache, denn Stillstand bedeutet Rückschritt, aber andererseits ist das Leben so sehr anstrengend. Zudem lässt mich mein eigener Anspruch an meine Textprodukte an denselben zweifeln, wenn nicht sogar verzweifeln, denn es ist nichts perfekt und alles noch nicht so geschrieben, wie es in meinem Kopf steht. Aber das ist vermutlich nicht nur mein Dilemma, den Kopf randvoll mit Ideen und Texten zu haben, welche einmal hingeschrieben, schon ihre Dynamik verloren haben (Buchstaben sind Schatten auf dem Papier!). Das Schreiben folgt einer geheimnisvollen Ordnung, welche für jeden anders aussieht, aber trotzdem immer korrekturbedürftig erscheint. Man muss schon sehr von sich überzeugt sein, wenn man alles für perfekt hält, was man niedergeschrieben hat, oder eben sehr dumm und anspruchslos. Aber wie soll es weitergehen? Im Leben liest man zwischen den Zeilen, hört auf den Ton, der die Musik macht und ist ganz Ohr, aber wie kann man das permanent durchhalten, ohne ungerecht zu werden in seiner subjektiven Rezeption und Interpretation? Alles ist ganz einfach und klar und doch ist es einfach nicht klar, wie Menschen miteinander sprechen. Jede Kommunikation ist eine gestörte - wie oft habe ich diesen Satz schon geschrieben und trotzdem trifft er den Kern, denn abhängig von meiner jeweiligen Befindlichkeit lese ich meine eigenen Texte vor einem differenten Hintergrund, jedesmal erfolgt eine neue Interpretation.

Diese Diskrepanz lässt mich immer wieder erneut zweifeln und gibt mir nicht die Möglichkeit, damit zufrieden zu sein. So entstehen Texte!

Sinn und Nutzen von Kultur

In diesem Text möchte ich Kultur nicht auf Kulturtechniken oder politische Kultur beziehen, sondern darunter, auch zweckfrei erscheinende, musische Aktivitäten verstanden wissen. (Dabei ist natürlich der Impetus dieser Form der Kultur auf Politik und Wirtschaft sowie Gesamtgesellschaftlich auch im kulturhistorischen Sinne nicht ausgeschlossen.). Kunst gibt es seit Anbeginn der Menschheit, Ausdruck findet sie z. B. zuerst in den in Frankreich entdeckten Höhlenbildern der Cromagnon. Hochblütezeiten in der Antike waren die Kulturen der Maya, Inkas, Ägypter, Babylonier, Perser und später der Griechen und Römer. Gerade die letzteren entwickelten noch heute gültige Standards z. B. für das Theater, Singspiele oder in der Literatur. Allen gemein ist der Wunsch nach Ausdruck bestimmter Gefühle, Situationen und Individualität sowie die Freude an der Kreativität. Gleichzeitig ist dies der Beginn der aktiven Mitgestaltung der eigenen Lebensräume, sei es in Bezug auf Zweckmäßigkeit oder Ausschmückung und Dekoration. Der Mensch konsumiert nicht nur sein angebotenes Lebensumfeld, sondern verändert und nimmt so aktiv an der eigenen Lebensgestaltung teil und schafft sich Perspektiven, welche auch Sicherheiten für das alltägliche Leben beinhalten (können) durch das entwickelte Regelwerk auch im sozialen Miteinander. Zudem hat er damit die Möglichkeit, sich als Individuum oder als Gruppe gegenüber anderen abzugrenzen, sei es durch religiöse Überzeugung, Musik, Schriften etc. Dies schafft zusätzliche Sicherheit und Selbstbewusstsein, bietet Identifikationsmöglichkeiten und die aktive Teilhabe an kreativen Prozessen. Dadurch entstehen Erkenntnisse: Alle Erkenntnis ist Menschen nur in einer Kultur oder Gesellschaft möglich und in einer bestimmten Kultur oder Gesellschaft nur möglich auf der Basis dieser Kultur oder Gesellschaft und den leiblichen Möglichkeiten des Wahrnehmens und Erkennens. Somit ergibt Kultur einen Kontext für Erkenntnis und ist weitergehend schon immer gesellschaftlich verwurzelt gewesen, dient als Gedächtnis sozialer Systeme und treibt diese auch voran. Antoine de Saint-Exupéry hat darauf hingewiesen, dass es unsere Aufgabe ist, dem Leben einen Sinn zu geben, da es diesen Sinn nicht von selbst offenbart. Es war ein Leitmotiv seines

Schaffens. Dem Leben einen Sinn zu geben, eine Haltung zu finden auch für die realen Anforderungen an die Arbeitsgestaltung in einem Unternehmen ist das Ziel unserer Unternehmenskultur, eine Kultur, die den Ansprüchen unserer heutigen Lebenswelt gerecht werden will. Kultur erfüllt ihre Aufgabe erst, wenn sie ein Leben entwickelt – in Gedanken, Worten, Bildern und Einrichtungen – das anderen Bereichen, z. B. der Wirtschaft, dem sozialen Leben, dem Leben an sich Sinn zu geben vermag. Tut sie das, so kann sie sich selbst bestimmen und dabei doch voll und ganz den anderen Lebensbereichen dienen, von denen sie getragen wird – im gegenteiligen Fall führt es zu solchen abstrusen Exzessen wie anlässlich der Kulturrevolution in China oder bei den roten Khmer in Kambodcha, welche nun auf dem mühseligen Weg zurück zu ihren (kunst-)historisch tradierten Ursprüngen sind.

Dies bedeutet im Einzelnen für das Individuum, dass die Teilhabe an kreativen Prozessen im direkten eigenen Lebensumfeld neben Verantwortung, Selbstbewusstsein, der Vermittlung neuer Techniken, erkenntnistheoretischem Wissen und Fähigkeiten auch Zufriedenheit und Erfolgserlebnisse erzeugt. Das eindeutige Verlassen der Konsumentenposition ermöglicht es, kreativ für sich zu sein und vielleicht auch für andere und mit anderen eine eigene Kultur zu entwickeln. Pädagogisch betrachtet fallen in diese aktive Teilhabe alle Aspekte, welche wir für ein ganzheitliches Leben favorisieren und bei welchen wir unterstützend assistieren:.

Förderung der Kreativität, Komposition anstelle zu

konsumieren, Kreatives Schaffen, Gestaltung des gesamten Schaffensprozess, alles selber verstehen und organisieren, Teilhabe, Erfolgserlebnisse, Atmosphäre erzeugen, Entstehen einer eigenen Kultur, für sich selbst Gefallen erzeugen, nicht für andere produzieren und reproduzieren. Andererseits besteht natürlich die Möglichkeit, Zufriedenheit zu erlangen und weiter zu geben, indem man mit anderen für andere produziert, z. B. bei Tanzvorführungen, Auftritten von Musikgruppen, Theateraufführungen etc. In diesem Sinne – seien wir kreativ!

Anspruch und Ausdruck

Über die schneeweiße Fläche bläst der kalte Wind ein Blatt Papier, auf welchem das Wort Strafkolonie zu lesen ist, allerdings nur kurz, zumal mit dem Papier Schnee herangewirbelt wird, dem Beobachter Sicht und Atem nehmend, ihn zwingend, die Augen zu kleinen Sehschlitzen zu verengen, welche wiederum ein Lesen herumwirbelnder Papierblätter, und sei es auch nur einzelner Worte wie etwa Strafkolonie, vollkommen unmöglich machen.

Tagebuch eines Erstsemesters

Heute das erste Mal zur UNI gewesen. Vorher noch extra zwei Löcher in die neue Jeans gerissen. Mit Atze und Johnny am Eingang verabredet. Als ich hinkam, war totale Ebbe, keine Leute zu sehen, nur ein paar Anzugskleiderständer, die ihre Hemden mit Schlipsen am Hals festhielten. Johnny hatte einen Pickel dabei und Atze etwas Codein, so starteten wir ziemlich cool das Studium. In der Halle war schon etwas mehr los, überall saßen Studies und tranken Kaffee. Im Westend belegten wir einen Tisch und holten uns was zu picken, um eine Orientierung zu bekommen. Als wir ankamen, war gerade Mittagszeit, so quetschten sich noch ein paar Typen mit ihren Schnallen an unseren Tisch. Atze liess den Erfahrenen raushängen und gab Tipps, welche

Dozenten echt Scheiße sind und bei wem man billige Scheine kriegen kann. Dabei tranken wir Bier und fühlten uns ziemlich gut, Student zu sein ist echt geil. Auch die Mädels sehen zum Teil ganz gut aus, obwohl hier auch ziemlich viele abgefuckte Alternativschrippen durch die Gegend tigern. Nach 3 Stunden hatten wir alle genug vom studieren und fuhren mit dem Bus zum Bahnhof, unterwegs kotzte Atze bei Johnny ein bischen in die Tasche. So'n paar Prolos guckten uns an, als wären wir vom Mars. War echt ein guter Tag, ich weiß jetzt schon, wo man die coolen Typen treffen kann, und wann. Nächste Woche wollen wir uns treffen und uns mal einen Hörsaal ansehen, und danach gucken wir, was man hier überhaupt so machen kann. Morgen muss ich ins Tattoostudio und mir'n Ring durch die Nase ziehen lasen, hat Johnny sich auch noch extra vor Semesterbeginn machen lassen, sieht total geil aus.

2. Woche

Gestern mit Atze telefoniert, hat keinen Bock zur UNI diese Woche, außerdem soll man es mit der Wissenschaft auch nicht übertreiben. Bin auch nicht hin, was hätte es schon genutzt, Scheine kann ich jetzt sowieso noch nicht machen.

3. Woche

Heute waren wir in der UNI, mein Nasenring schmerzt auch nicht mehr. Haben alle ganz schön doof geglotzt, die blöden Gaffer, man ist eben cool oder ein Arschloch. Einen Dozenten aus der Ferne gesehen, kann aber auch sein, dass es keiner war. Johnny meinte jedenfalls, es wäre einer. Diesmal waren wir 4 Stunden im Westend und löhnten uns neben dem Bier eine total crosse Pizza rein. Danach gab Atze 'ne Runde Renny aus. Eine der Schnallen vom Kollegg erzählte, dass jetzt Anwesenheitslisten geführt würden, wir nahmen uns vor, nächstes Mal zum Eintragen hinzugehen. Ich weiß noch nicht, was ich überhaupt studieren soll. Johnny meinte, dass er diese Frage erst nach dem 4ten Semester entscheiden will, finde ich gut, wozu der Stress, die Chinesen sagen, wer etwas sucht, muss nur warten können, dann kommt es von allein zu dir.

4. Woche

Super Wetter draußen, diesmal muss die UNI ausfallen, wir haben uns am See verabredet.

5. Woche

Krank, habe mir am See im besoffenen Kopp den Fuss an 'ner Glascherbe aufgeschlitzt, hat tierisch geblutet, aber das Wasser sah irre rot aus.

6. Woche

Waren zum Erstenmal in einem Hörsaal. Echt beeindruckend, sowas mal zu sehen. Und wie fleißig die alle mitgeschrieben haben, wofür das gut sein soll, wissen wir alle drei nicht, kann sich doch sowieso keine Sau merken, diesen ganzen Fremdwörterquatsch. Atze war zur Studienberatung und hat denen vorgeschlagen, in den Aufzügen Aschenbecher einzubauen, dann würde er auch nicht mehr auf den Boden aschen. Sie sagten, sie würden sich's überlegen. Haben heute mal unsere Fakultät gesucht, aber irgendwie hatte keiner richtig Durchblick. So hingen wir noch 'ne Stunde im Westend rum und fuhren wieder, nächstes Mal suchen wir dann weiter.

7. Woche

Zuhause sind alle mächtig stolz, dass ich zur UNI gehe, obwohl die Sache mit dem Nasenring sie doch erst echt geschockt hat, aber sie haben kapiert, dass an der UNI andere Gesetze gelten und wenn man da durchkommen will, muss man halt cool aussehen. Beim letzten Familientreffen tönte Onkel Erwin rum, dass er es auch ohne Studium zu was gebracht hätte, das sollte ich erstmal nachmachen. Habe ihm nur gesagt, dass er mir mit seinem Proletenscheiss vom Hals bleiben soll, schließlich bin ich Akademiker und nicht er. Zum Glück kam Johnny vorbei und so konnte ich mich von dieser Feier absetzen, ohne weiter meine intellektuelle Größe vor diesen Säuen verschwenden zu müssen.

8. Woche

Keine UNI, war zum Roskildefestival. Davon können die in der UNI noch massig lernen, so geile Leute. Neil Young war auch da, aber die Spitze war, als Joe Cockers Gitarrist von 'ner Bierflasche getroffen wurde, hunderte von Stimmen schrien: Versenkt. Habe auch ein blaues Auge und meine Nase ist angebrochen, weil ich im besoffenen Kopp an die Harley von einem dänischen Hell's Angel gepisst habe. Ich hatt noch nicht mal meine Hose zu, da lag ich schon, dafür sind jetzt seine beiden Reifen platt und das Leder von seiner Sitzbank sieht auch nicht mehr so gut aus, vom Lack mal ganz zu schweigen. Atze hat sich 'nen Tripper bei so 'ner Landkommunenmieze eingefangen. An der Grenze haben die Bullen tatsächlich unseren Bus nach Rauschgift durchsucht, aber außer der dreckigen

Wäsche haben sie nichts gefunden, schließlich hatten wir bereits alles intus. Johnny kotzte während der Filzerei in Atzes Schlafsack und als dann noch einer der Bullen meine alten Strümpfe fand, war die Kontrolle vorbei.

9. Woche

Langsam müssen wir mal was tun, das Semester ist bald vorbei und wir haben noch keinen Schein. Johnny erzählte, dass es die Scheine nur bei aktiver Mitarbeit und dauernder Anwesenheit gibt. Für uns also dieses Semester nichts. Wir beschlossen, uns nächstes Semester voll reinzuknien und es für dieses Semester gut sein zu lasen. Johnny faselte nochwas von Vorlesungsverzeichnis, keine Ahnung, wozu das gut sein soll. Jedenfalls kommt er vorbei, wenn er eins hat und dann gucken wir mal, was man damit machen kann. Die Bedienung im Westend kennt uns alle drei schon mit Namen und stellt auch schon automatisch die Getränke hin, es zahlt sich halt aus, präsent zu sein. Deshalb wollen wir im nächsten Semester mal versuchen, einen Dozenten kennen zulernen. Ich ging noch kurz Zigaretten holen und den Aufkleber „Alle Rassisten sind Arschlöcher - überall" von Luce, außerdem brachte ich den anderen noch den UNI-Bielefeldaufkleber mit, schön groß, damit auch der letzte Prolo begreift, woher wir kommen. Darauf schmiss Atze drei Runden und wir fuhren nach Hause, in die wohlverdienten Ferien. Vorher kotzte Atze noch bei Johnny in seinen neuen Rucksack. Unterwegs stellten wir alle fest, dass wir durch dieses Semester doch schon wesentlich gereifter seien, diese akademische Freiheit hat eben auch uns die Augen geöffnet.

Soziale Integration

„Die curricularen Lernzielvorgaben dienen dem Zweck, integrative Sozialisation, kombiniert mit Wissensakkumulation ....“ Entnervt legte er das Buch zur Seite. Wer dachte sich eigentlich solche Schwachsinnssätze aus, und, schlimmer noch, warum musste er diesen Blödsinn auch noch lesen und begreifen? In seinem Zimmer war es, bedingt durch die Hitze des Tages, schwül-warm, auch innerlich begann er bereits zu kochen und ihm war danach zumute, in den Heft- und Bücherstapel auf seinem Schreibtisch vor ihm zu schlagen, reinigenderweise sozusagen, als sein Blick auf den Sinnspruch über seinem Schreibtisch fiel: 'Vernunft wirkt durch Überzeugung, nicht durch Gewalt'. Die Faust öffnete sich, griff nach dem Buch und er las „..

unter Berücksichtigung methodisch-didaktischer Aspekte, rollenspezifische Fixierungen .. „In diesem Moment, er wusste nicht, ob es Zufall oder Fügung war, begann das Telefon zu klingeln, ihn dadurch vor einem erneuten Resignieren vor dem Text bewahrend. Er hob den Hörer ab und rief: „Da haben Sie aber Glück, dass ich gerade neben dem Telefon stehe, aber ich musste ja sowieso abnehmen, weil es gerade geklingelt hat." „Katholische Nacktbadeanstalt", knarrte eine Stimme am anderen Ende, „ wo bleibst Du, heute wird doch seit 18.00 Uhr sauber ausgetrunken!" Ach Du Schande! Ironsides Geburtstag. Weg mit den curricularen Lernzielvorgaben, ab unter die Dusche. Tropfnass sprang er in seine Hose, suchte nach Zigaretten, riss ein Zündholz an und inhalierte den Rauch. Jetzt erst widmete er sich der Instandsetzung seines Äusseren. Neben seinen Zigaretten steckte er sein Stilett in die Tasche, griff nach seiner Gitarre und ließ krachend die Tür hinter sich zufallen. Das Bluesmobil startete mit durchdrehenden Reifen und mit basslastig dröhnenden Lautsprechern. Vor Ironsides Haus parkte eine endlos erscheinende Reihe von Autos und Motorrädern, so setzte er das Bluesmobil mitten auf eine Wiese und bewegte sich mit seiner Gitarre zwischen all den Fahrzeugen auf das Haus zu. Ledertragende Langhaarige standen rauchend und trinkend vor einem, als Bühne dienenden landwirtschaftlichen Anhänger, auf welchem bereits einige Instrumente auf ihre Benutzung warteten. Einige, teils tätowierte Freaks lagen auf der Wiese, in Erwartung des Kommenden, oder weil ihnen übel war und sie schon jenseits von Gut und Böse dämmerten. „Na Du Arsch, da bist Du ja endlich!" Tja...'Die primäre Sozialisation findet in der Familie statt', fiel ihm ein, 'was also mache ich hier?'

Ein Künstler

Da saß er nun mit seiner schwangeren Frau vor dem Fernsehapparat und nahm nebenbei Musik von Hermann Brood auf und hatte nichts Besseres zu tun, als seiner Angetrauten mit todernstem Gesicht zu erklären, dass er am Liebsten eine Arbeit hätte, bei welcher er sich gar nicht erst aus dem Haus begeben müsste. Er sei eben eine künstlerische Natur, nur leider werde er nicht gefordert, obwohl in seinem Hirn genug Intelligenz für verschiedene kreative Betätigungen vorhanden sei. Und sie nickte zustimmend und verständnisvoll tuend und sagte, sicher, da lässt sich nebenbei bestimmt etwas aufbauen, und dann wandte sie sich wieder ihrem Strickzeug zu, während er immer noch auf dem schicken büffelledernen Sessel saß, vor sich auf einen imaginären Punkt an der weissgestrichenen Wand starrte und dachte: Ein Künstler, genau, das ist es!

Erneuerung

Trag mich fort Du Vogel der Nacht

entfliehe mit mir aus dieser Welt

was ich verliere war längst schon fort

die Werte hatten niemals einen

Mit Deinen Schwingen flugs zerschlag

das was mir lieb gewesen

denn aus den Trümmern kommt dann schon

der Ort in Arizona

Er steht da für den Neuanfang

damit es wieder wird wie's war

und ist es dann soweit

vertraue ich auf Dich

und Deinen Flügelschlag

Doch jedesmal nimmst Du als Lohn

ein Stück von mir für Dich

so nähert sich der Tag für mich

wo Phönix dann auch Asche bleibt

(K)ein Traum

In der blutroten Sonne Spaniens marschiert zu den Klängen einer Mariachikapelle eine thailändische Damenblaskapelle, welche, mit Bananenröckchen bekleidet, ihre riesigen Brüste der Sonne präsentiert, begleitet von, in Djellabahs gekleideten indianischen Medizinmännern, die lauter Aktentaschen voller Drachmen und Centavos unter ihren vielzahligen Armen tragen, indessen ein indischer Schlangenbeschwörer hohlwangige Wasserschläuche aus BP-Fässern hervorlockt, in die Stierkampfarena von Pamplona ein, in welcher die Menge bereits, geschart um den kretischen Minotaurus, Ra anbetend, Tuborgbier saufend, extatisch verzückt der dritten öffentlichen Jungfrauenverbrennung beiwohnt, während sich hartgesottene Kebabbräter den Geruch nach geröstetem Fleisch zunutze machen und ihre Viktualien, gewürzt mit einer Prise Menschenblut, zum Verkauf anbieten und so den Ritualkannibalen gerecht zu werden versuchen, während Shiva über den Feuern tanzt und die Mariachikapelle Beethovens Neunte im Reggaerhythmus intoniert, zu welchem sich die thailändische Damenblaskapelle ihrer Bananen berauben lässt und ihre Brüste den Jünglingen, deren Initiierung bevorsteht, für einen ersten touche' d'amour anbietet, dafür einen imaginären Dollar, geprägt auf eine Platte erstklassigen roten Libanesen, in Empfang nehmend und selbigen in ihren Schoss steckend, dazu Shillums in Penisform und gefüllt mit der Asche der verbrannten Jungfrauen in Brand setzend, um dann in unkontrollierten Bewegungen nach einem geheimnisvollen Prinzip durch die Arena zu tanzen, um am Ende mit den indianischen Medizinmännern kopulierend, über den Sinn und Zweck präfrontaler Lobotomie diskutierend, trepaniert zu werden. Hemingways Gesicht verdunkelt die Sonne, Flugzeuge werfen Care-Pakete voller Aufputschmittel ab und verlieren sich in der Stratossphäre, Schlachtschiffe gehen unter und U-Boote tauchen auf, die x-te Challenger explodiert unter dem Jubel von Millionen von Fernsehzuschauern, während Julio Iglesias in Pamplona singend zusieht, wie sich Mutter Theresa die siebte Flasche Dom Perignon Jahrgang 57 zu Gemüte führt, ihre Soutane lüftet und ein paar unglaublich fetter Schenkel zum Vorschein bringt, zwischen welchen sie die leere Flasche verschwinden lässt, dabei der armen Kinder in Kalkutta gedenkend und ein Ave-Maria nach dem anderen heruntersabbelnd, indessen der gekreuzigte Beobachter am Perlentor zusieht, wofür er sich geopfert hat, dabei hoffend, dass Cattenom endlich den Overkill auslöst und die ganze perverse Horde in Stücke sprengt, damit endlich Ruhe herrscht im Universum, welches sich täglich über die Krakeeler auf der Erde beschwert, während die Stiere durch die Strassen laufen auf der Suche nach einem Stück Mensch, welches sie auf den Hörnern der Arenainnung präsentieren können, die Ohren und den Schwanz, obschon auch ihre Stunde bereits geschlagen hatte, als sie gerade aus den feuchten Ärschen ihrer Mütter gekrochen kamen und noch nichts von Dantes Inferno wussten, geschweige denn von kretischen Mutproben und der Sensationsgeilheit der Zweibeiner, denen sie nun hilflos ausgeliefert sind in den Straßen von Pamplona, in der sengenden Hitze der blutroten Sonne, welche die iberische Halbinsel gnadenlos bestrahlt und das Spektakel des Todes gut ausleuchtet für die Betrachter oberhalb der Stratossphäre, welche kopfschüttelnd mit Gebeinen verstorbener Heiliger spielend, Wermuth trinkend und in ihre Decken vom Sozialamt gehüllt und heimlich onanierend dieses visuelle Debakel ertragen, da sie längst vergessen haben, wie das Programm geändert bzw. abgeschaltet werden kann.

Als ich erwache, wünsche ich mich ganz schnell in die wämende Sonne Cyperns, wo mich ein Grieche mit "Kopiaste" einlädt, den Tag bei ihm im Cafenion zu verbringen, bei Mokka skiathos, einem Fladenbrot und Kebab, während wir, dem Betrieb auf der Strasse zusehend, einer türkischen Fantasia lauschen und der hübschen Bedienung keinerlei Augenmerk zukommen lassen, um ungestört diese Bastion des Patriarchats bei Brandy Sour zu genießen und aus zu kosten.

Naturlyrik England '93

Koniferen geben grün

sich dem feuchten Westwind hin

neigen auf und nieder sich

wüster Wind, der Wüterich.

Rosen warten taugefüllt

dornig rot und schutzumhüllt

während Birken Unkrautgleich

schütteln sich am hohen Deich.

Durch die dunklen Wasser zieht

was vor Wasserratten flieht

nur von fern der Klagelaut

heißt, der Schwan sucht seine Braut.

Cap d'Agde (Quartier naturiste)

Unter dem zunehmenden, mediterranen Mond sitzend, koste ich die Nonchalance der langen Leere, langen Langeweile, die Dekadenz des desillusionierten Fin de Sieclé, die Leere der Agonie. Der Sinn des Lebens ist das Leben - aber dies ist Stillstand, Rückschritt, Degeneration und aus derartigen Situationen entsteht die Ästhetik der Hoffnungslosigkeit. Hier kann man alle Träume begraben und vom Meer fortschwemmen lassen, denn hier offenbart sich das Nichts. Die Entfremdung des Individuums durch die konforme Niveaulosigkeit ohne intelligenzgesteuerte Plattform - hier begegnet sie mir täglich in Reinkultur. In diesem Schmelzofen am Golfe du Lion wird die partikulare Struktur des Ganzen atomisiert und auf ihre Grundfunktionen überprüft - die Zerlegung ergibt ein degenerativ auseinander-driftendes Teilchenmeer. Zuviele Erwartungen kulminieren an diesem und an diesen Ort, das Resultat ist beängstigende Frustration - da hilft auch die gleißende Sonne nicht als plakative Tünche der Schönfärberei: Im Gegenteil, noch greller wird das Szenario der entfesselten Begierden ausgeleuchtet für zynische Beobachter. Über allem wandert der Mond auf seiner elyptischen Bahn und läßt gemeinschaftlich mit meiner glimmenden Zigarette die Zeit zerfallen - Jahrtausende hat er so überstanden und steht immer noch als Menetekel über mir: Vergiß intelligentes Leben! So einfach lasse ich mich jedoch nicht in diese Formlosigkeit pressen, pflege meinen Zynismus und schärfe meinen analytischen Verstand, nicht ohne zu erschrecken ob des Eintreffens der vorhergesehenen Reaktionen. Der Mensch ist entsetzlich primitiv und vorhersehbar konstruiert - andererseits macht das den Menschen vielleicht wirklich aus - der Rückfall in Cromagnon-Behaviourismus als kollektives Frei-Zeit-erleben. Wäre dieses Rondell eine Zentrifuge zur Endzeitbeschleunigung, würden diese „Frei-Geister" alle um Karten anstehen und als Quarks zu dem werden, was sie sind. Aber es ist müßig, darüber zu lamentieren, denn der große Arsch, der diesen Laden komplett zuscheißt, kommt einfach nicht; Gott hat sich längst mit Grausen von der „Krone der Schöpfung" abgewandt und spielt mit den Müttern der Heiligen der katholischen Kirche Canasta, während das Jesuskind mit seiner Pumpgun

Ozonlöcher in die Stratosphäre schießt und nebenbei im Alten Testament lesend, dem Buch des „Alten" aufgrund der gegebenen Situation immer mehr abgewinnt. Die Reise durch die Zeit ist hier Realität geworden, denn hier kann man sie alle sehen ohne Chance zur Flucht: Nur das Rauschen des Meeres ähnelt einer frisch gezogenen Toilettenspülung, doch in diesem Fall bleibt die Scheiße im Pott. So hat der Nazarener sich das bestimmt nicht vorstellen können, aber es sind schon ganz andere Projekte mangels Phantasie gescheitert. Als erster SM-Jünger hat er sich leider für den Fortbestand einer vollkommen überflüssigen Spezies geopfert, deren Hauptziel in der gegenseitigen Dezimierung besteht. Genealogisch haben uns die Primaten längst überflügelt, demographisch leider nicht. Die

Postulate von der gewaltlosen Selbstverwirklichung haben ihre Früchte getragen, als Ernte fahren wir mehr Frustration als jemals vorher vorhanden ein und sind stolz auf unsere zivilisierte Problembewältigung - aber auch dieser Diskurs geht eben nur in die Runde, flach und als platte Scheibe. Im zwischenmenschlichen Bereich können wir eben keine kopernikanischen Progresse erwarten, Erkenntnisse „stören nur die Kreise" des anonymisierenden Individualsyndroms. Die Erregung eines öffentlichen Ärgernisses hat sich zur ärgerlichen öffentlichen Erregung gewandelt, wobei Erregung auch nur noch öffentlich in Kinos oder Freizeitzentren, also völlig redundanten Nebenschauplätzen unter sorgfältiger Wahrung der „political correctness" zur Schau getragen wird, die realen Erregungsgründe werden aus dem selbstgezimmerten, glücklichen und selbstverwirklichten Leben ausgeblendet. Wenn der Mensch als Droge für und von sich selbst leben will, ist uns wirklich nicht mehr zu helfen, aber Hilfe will ja auch niemand mehr. Welch edles, stolzes, wohlgebildetes Volk... Dann gucke ich demnächst doch lieber Verona Feldbusch's neue Fernsehshow: Dem Verona seine Welt! Dichtung und Wahrheit eben.

Jeder macht mal einen Fehler...

Erschöpft ließ ich mich auf die Couch fallen. Mein Gott, was für ein Tag! Der Hund leckte mir durch mein Gesicht und stieß Laute der Begeisterung darüber aus, dass ich wieder zurück war. Ich schloss die Augen und versuchte, die letzten Stunden in meiner Erinnerung lebendig werden zu lassen. Meine Frau hatte mir zum zweiten Mal in diesem Jahr offenbart, dass sie ein Verhältnis zu einem anderen Mann hatte. Nicht diese Tatsache traf mich, sondern mein bodenloses Vertrauen, welches ich ihr nach dem ersten Mal wieder geschenkt hatte und die Art, wie sie damit umgegangen war. Ich hatte ihr nach ihrem ersten Fehltritt und all ihren Beteuerungen, dass sie nur mich liebe, mein Herz vor die Füße gelegt, weil ich sie abgöttisch liebte, und sie war darin herumgetrampelt und hatte mich in den Boden gestampft. Und jetzt war ich abgrundtief verletzt und tieftraurig. Glücklicherweise musste sie ein paar Tage später in eine Reha-Klinik aufgrund ihrer chronischen Darmkrankheit und so hatte ich genug Zeit, mir Gedanken über positivere Perspektiven für mich zu machen. Sie hatte mein Vertrauen derartig missbraucht, dass ich nicht mehr bereit war, ihr noch ein einziges Wort zu glauben. Ihr gegenüber äußerte ich, dass es mir sehr schwer fallen würde, aber bei all dem ihr von mir entgegengebrachten Verständnis sowie ihrer fundierten Psychologiekenntnisse würde sie diese Situation sicherlich verstehen können. Ich versprach ihr, trotz dieser Vorfälle auch am Ende ihrer Heilmaßnahme noch für sie da zu sein, vorausgesetzt, sie würde sich endgültig für mich entschieden haben und keinerlei anderwärtige Kontakte mehr pflegen. Fünf Tage nach ihrer Abreise ging ich zu einem Anwalt und diktierte ihm meine Bedingungen für die Scheidung. Ich hatte mir vorgenommen, sie nicht mit heiler Haut davonkommen zu lassen, sondern sie aus zunehmen bis zum letzten Hemd. Für den Fall meines vorzeitigen Ablebens vermachte ich mein gesamtes Barvermögen meiner ersten Frau, ebenso alle anderen materiellen Güter. Aber meine Rachsucht sollte noch jemanden treffen, auch für ihren Freund hatte ich mir ein paar Gedanken gemacht, welche sich bei der tatsächlichen Umsetzung als sehr schmerzhaft für ihn erweisen sollten. So rief ich ihn an und entschuldigte mich für mein unfreundliches

Benehmen anlässlich unseres letzten Telefongespräches und bat um eine Unterredung von Mann zu Mann. Wir wollten uns in einer Gaststätte treffen, welche einen Hinterausgang besaß und wo sehr laute Musik gespielt wurde. Zudem war es ein Treffpunkt für allerlei lichtscheues Gesindel, welches sich dort für dubiose Geschäfte traf. Für meinen Plan war dies genau der richtige Ort. Neben meiner üblichen Bewaffnung, bestehend aus einem Stiefelmesser, einem Zylinder Tränengas und einem Elektroschocker steckte ich mir noch ein Messer aus Chirurgenstahl ein. Es sollte mir noch gute Dienste leisten. Alle meine Messer sind so scharf geschliffen, daß man damit eine Feder im Flug zerteilen kann. Bekleidet war ich mit einem Fliegerkombi der Bundeswehr, schwarzen

Turnschuhen und einer schwarzen Leinenjacke, in welche ich noch meinen geladenen Trommelrevolver steckte. Zusätzlich war ich mit Chirurgenhandschuhen sowie einer Motorradsturmhaube versehen, beides ebenfalls eingesteckt. Zum angegebenen Zeitpunkt machte ich mich auf den Weg. Auf der Fahrt konzentrierte ich mich darauf, einen gelösten und ausgeglichenen Eindruck zu erwecken, zumal blinder Hass kein guter Ratgeber ist. Aber ich hatte diese Aktion sehr gründlich und überlegt geplant und konnte mir sicher sein, dass nichts dabei schief gehen würde. So fuhr ich bis etwa einen Kilometer vor den verabredeten Treffpunkt, stellte den Wagen ab und legte die restliche Strecke zu Fuß zurück. Ich betrat die Wirtschaft durch den Hintereingang, wobei ich noch den ebenfalls mitgebrachten Motorradhelm trug. Es herrschte ein ohrenbetäubender Lärm, zu welchem sich verschiedene Leiber in konvulsivischen Zuckungen krümmten, die Sicht war durch den Qualm unzähliger Zigaretten und Joints sowie die schlechte Beleuchtung ähnlich wie bei dickem Bodennebel. Trotzdem fand ich ihn auf Anhieb und ging gerade zu ihm hinüber. Ich schob ihm einen Zettel mit einer gedruckten Nachricht hin und begab mich zum Hinterausgang, wo ich wartete. Er kam wenige Minuten später heraus und sah sich suchend um, als er mich entdeckte, kam er zu mir herüber und sagte, ich solle den Helm abnehmen. Zu diesem Zeitpunkt war außer uns niemand vor der Tür und ich hatte bereits den Elektroschocker entsichert und in der Hand. Als er nah genug war, machte ich zwei Schritte vorwärts auf ihn zu und ließ ihn die ganze Energie von 200.000 Volt spüren. Ich hielt das Gerät noch auf ihn, als er längst am Boden lag und sich nicht mehr rührte. Prima Erfindung, diese Teile, dachte ich und streifte mir die Handschuhe über. Danach klappte ich mein Messer auf und öffnete seine Hose. Mit einem einzigen Schnitt trennte ich seinen Penis ab und packte ihn in einen kleinen Plastikbeutel. Darauf nahm ich eine Lederschnur und band sie so fest um die Hoden, dass der Blutstrom merklich nachließ. Ich lehnte ihn an die Hauswand, zog den Zettel mit der Nachricht aus seiner Jackentasche und entnahm meinem Overall eine Spritze mit 60% Heroin, welche ich ihm komplett injizierte. Nach ein paar Minuten entfernte ich das Lederband wieder, dabei darauf bedacht, kein Blut ab zu bekommen. Die Spritze ließ ich direkt neben ihm fallen. Dann drückte ich ihm das Messer in die linke Hand und seinen Penis in die Rechte und kehrte zu meinem Auto zurück. Vorher nahm ich, nachdem ich außer Sichtweite war, den Helm ab und zog die Sturmhaube herunter. Ich fuhr zu einem Steinbruch und zertrümmerte dort den Helm, zog den Fliegerkombi aus, legte die Handschuhe, die Sturmhaube sowie meine komplette restliche Kleidung darauf und tränkte den Haufen mit Benzin aus meinem Ersatzkanister. Dann entzündete ich das Benzin und wartete, bis der letzte Fetzen zu Asche geworden war. Ich benutzte meinen Klappspaten, um die Feuerstelle um zu graben und schichtete Steine darüber. Dann kleidete ich mich neu an und fuhr nach Hause. Am nächsten Morgen ließ ich den Wagen in einer Waschstraße waschen und neue Reifen aufziehen. Die alten Abgefahrenen nahm ich mit und vergrub sie kilometerweit voneinander entfernt einzeln im Wald. Dann kehrte ich nach Hause zurück und räumte meine restlichen persönlichen Sachen in bereitstehende Kartons, welche ich in einem Lagerhaus deponierte. Wieder zu Hause ließ ich mich erschöpft auf die Couch fallen. Ihre Möbel und ihr Eigentum hatte ich nicht angetastet, trotzdem sah die Wohnung merkwürdig verändert und leer aus. Morgen nun würde ich nach Holland fahren und eine alte Freundin besuchen und diesem Leben endgültig den Rücken kehren. Mit dem Hund war ich für alle notwendigen Impfungen zur Tierärztin gegangen und meine Arbeitsstelle sowie die Wohnung hatte ich bereits gekündigt. Morgen, das war der Tag, an welchem sie aus der Klinik entlassen werden sollte und damit rechnete, dass ich sie abholen würde. Stattdessen würde sie morgen einen Brief von meinem Rechtsanwalt bekommen, welcher sie von der veränderten Situation in Kenntnis setzen würde.

Frankreich mit Fritz (auch schon tot)

Abfahrt um Null Uhr fünfzehn, Grenzüberfahrt 6 Stunden später in Mulhouse, 16.30 Stop in Cavaillon, trunken, übermüdet. Fritz fährt. Stop in Berre, gefährliche Tagediebe, schlechte Atmosphäre, wir fahren schnell weiter. Ich fahre nach Les Saintes Marie de la mer, denke an Anette, bin fast vollkommen betrunken, mit 130 kmh durch die Salinen, endlich am Meer, und dann kracht es, französischen Renault gerammt. Nachher spielen wir Gitarre, rauchen marokkanischen Stoff, alles wird klein, riesige Entfernungen, wir torkeln durch den Ort, schlafen. Am Freitag fahren wir zu einem Campingplatz (La Brise de la mer), duschen und gehen in der Stadt auf den Markt. Gitanos, ich lebe lange bei meiner 2ten Frau (Wenn's Anette ist gerne). Wir frühstücken, spielen Gitarre an der Kirche, treffen die Schwarzjacken, gehen zum Strand, trinken und rauchen Joints, ich schlafe im Sand ein, mein Magen boxt das viele Essen wieder hoch, fühle mich besser. Wir taumeln durch den Ort, sind stoned, treffen ein paar Franzosen, ziehen mit den Schwarzjacken an der Kirche einen durch, der kleine Franzose ist sofort hinüber. Wir gehen total kaputt in die Falle. Samstag, noch im Schlafsack liegend knacke ich die erste Flasche Wein, rauche und sehe die pietons durch die offene Schiebetür zu mir hereinstarren. Wir lösen einen Scheck ein, frühstücken und liegen trinkend am Strand, spielen Gitarre, gehen in den Ort, spielen mit einigen Franzosen und ziehen mit den Schweizern und allen anderen am Strand einen Joint nach dem anderen durch. Jetzt sitze ich mit Fritz und dem Berliner in der Brise de la mer, spüre, wie das Rauschgift meinen Körper verlässt, fresse Zuckerwürfel, habe Fieber, die Augen brennen, Kopfschmerzen - und morgen ist also Ostern. Nach diesem Horrortrip holte mich Anette aus der Welt der sinnvernebelnden Gifte, Alpträume und Illusionen und begann, mich durch ihre Liebe langsam und behutsam auf den Boden der Realität zu holen.

FK-Parodie (Hochzeit)

Auf dem harten Stuhl sitzend beobachtete er den Mann in der schwarzen Robe. Nur undeutlich drangen Wortfetzen an sein Ohr, zu laut war das Gemurmel von rücklings. Dies also war der Prozess, die Entscheidung über seinen Fortbestand durch eine ihm unbekannte, aber übergeordnete Macht, eine Allmacht, der er sich zu entziehen versucht hatte durch Verleugnung und Verweigerung, welche ihn jetzt jedoch zu richten bereit war. Und trotz seiner offenbar recht schwerwiegenden, ihm aber unbekannten Vergehen gegen die Gesetze der Macht, diese geheimen Regeln über Existenz und Fortbestand, gab es für ihn keine Teilhabe an diesem Prozess. Ihm zur Rechten saß sein Verteidiger, schweigsam zur Macht gewandt. Nun erklang ein

Fanfarenstoß und augenblicklich wurde es still. Er musste sich erheben, stand nun neben seinem ebenfalls aufgestandenen Verteidiger und sah die Mundbewegungen des schwarzgewandeten Vertreters der Macht, ohne ein Wort wahrnehmen zu können. Das Blut rauschte in seinen Ohren, Kaskaden von Schweiß rannen unter seinem Hemd den Gesetzen der Schwerkraft folgend in seine Hose, als er sich zu seinem Erstaunen sagen hörte: "Ja!".

Für wen man will (Anette)

All Deine Worte bewahre ich in mir

hole sie hervor an schlechten Tagen

aber nicht zu oft

 sonst verlieren sie ihren Glanz

Deine Stimme hebe ich auf

und laß sie in mir klingen

wenn ich einsam und

traurig bin

Der Duft von Dir berauscht mich

bringt mich in ekstatische Höhen

und mein Herz

leistet Akkordarbeit

Dass Du wunderschön bist

brauche ich nicht zu sagen

doch lieben darfst Du mich nie

es würde mich glatt umbringen

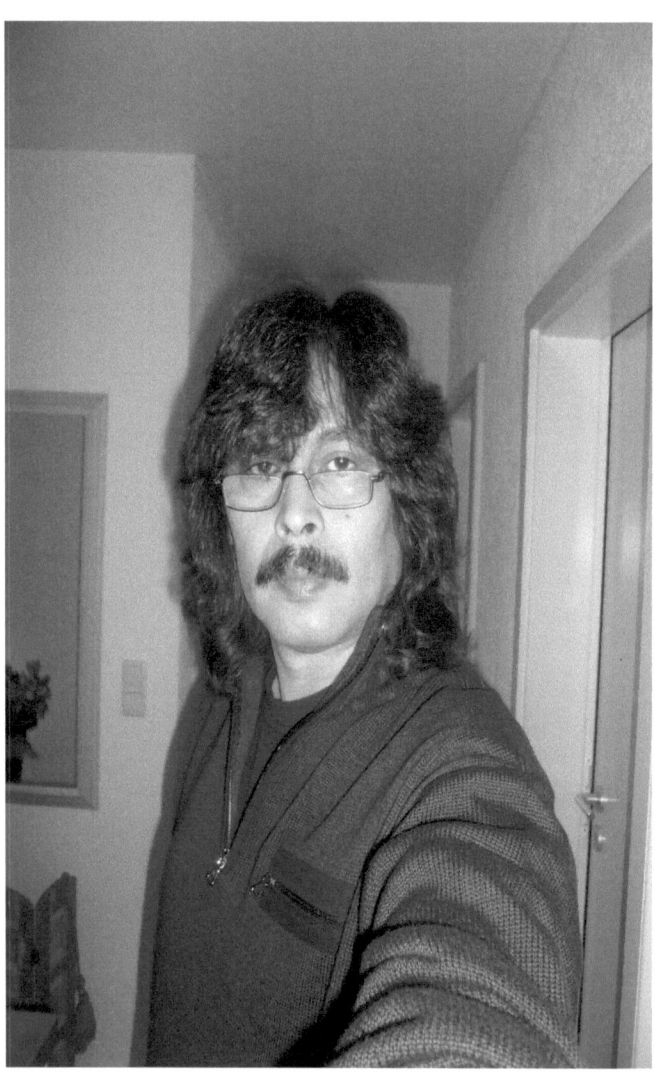

Christoph Sasse, Jahrgang 1960, spielt Gitarre und schreibt eigene Musikstücke und Texte. Zynisch nimmt er das Leben an, um nicht daran zu zerbrechen. Diese Reise aus dem Nichts in das Nichts soll so voll wie möglich sein, deshalb nimmt er Humor sehr ernst und alles Andere mit Humor, wenn auch sehr schwarzem.

Inhalt